Il giardino segreto

Prima ristampa, novembre 2018

ISBN 978-88-477-3483-8

www.edizioniel.com

una fiaba in tasca

Il giardino segreto

da Frances Hodgson Burnett

...raccontata da Stefano Bordiglioni

illustrata da Angela Marchetti

Edizioni EL

Mary Lennox era nata in India, dove l'aveva cresciuta una domestica indiana che le obbediva e le dava ragione su ogni cosa, come facevano tutti gli altri domestici, per evitare che si arrabbiasse. Mary non vedeva quasi mai né il padre, impegnato nel lavoro, né la madre, dedita alle feste. Per questo motivo crebbe egoista e dispotica come non mai.

Quando ebbe nove anni, il colera uccise i suoi genitori. Rimasta sola, fu mandata in Inghilterra, dove viveva Archibald Craven, un suo ricco zio.

Al porto trovò ad accoglierla la signora Medlock, la governante del castello di Misselthwaite, un antico edificio che contava cento stanze. Lí suo zio viveva come un eremita.

La signora Medlock raccontò alla bambina che il vecchio signore era afflitto dalla gobba e dal ricordo della moglie, morta qualche anno prima. Per questo se ne stava sempre rinchiuso nell'edificio, senza vedere nessuno.

Arrivate al castello, la governante le mostrò due stanze: quelle sarebbero state le sue camere e lí doveva rimanere. Non aveva il permesso di curiosare nelle altre stanze, perché il signor Craven non doveva essere disturbato. Mary, che in India faceva sempre quello che voleva, fu molto indispettita da quel divieto.

Il giorno dopo fu svegliata da Martha, la cameriera, che si rifiutò di vestirla, come avrebbe preteso lei, e con modi gentili ma decisi la convinse a farlo da sola.

Martha le raccontò di Dickon, suo fratello di dodici anni che era capace di parlare agli animali, e di un giardino chiuso a chiave da ben dieci anni: era lí che la moglie del signor Craven era morta cadendo da un ramo che si era rotto. Per questo lui non voleva che ci entrasse piú nessuno e aveva addirittura sotterrato la chiave che apriva la porta del giardino.
Incuriosita dalle parole di Martha, Mary uscí a passeggiare negli orti e nel frutteto. Là conobbe Ben, un vecchio giardiniere, e un pettirosso che viveva su un albero al di là di un alto muro, nel giardino segreto. Mary avrebbe tanto voluto entrarci, ma non riusciva a trovare né la chiave né la porta del giardino.

Una sera, mentre parlava con Martha, sentí nel castello il pianto di un bambino. Martha le disse che era solo il vento, ma lei non le credette.

Il giorno dopo, giocando con il pettirosso, che era diventato suo amico, Mary trovò in un'aiuola la chiave del giardino segreto. Ora le mancava solo la porta...

La scoprí il giorno seguente e sempre per merito del pettirosso: quasi una magia. Entrò di nascosto nel giardino e quello diventò il suo regno.

Un giorno Mary conobbe il fratello di Martha, Dickon, il ragazzino che amava gli animali e le piante. Le piacque molto e cosí gli mostrò il giardino segreto.

Insieme decisero di far tornare a vivere quel posto abbandonato, senza dirlo a nessuno. Dickon si mise a potare le rose con il suo coltellino e Mary a liberare i bulbi dalle erbacce.

Nelle ore seguenti, Mary conobbe lo zio, Archibald Craven, e suo figlio, il cugino Colin. Il pianto che Mary aveva sentito era suo.

Lo trovò una notte di temporale in cui la pioggia non la faceva dormire. Seguendo il suono del pianto arrivò alla camera del cugino e scoprí che era un bambino triste e malato, convinto di dover diventare gobbo come suo padre e di morire presto. Non riusciva a camminare e non voleva essere visto, per questo viveva nascosto.

Volle che Mary gli raccontasse di lei, dell'India, di quello che faceva lí al castello. Lei gli parlò dell'India e delle sue giornate al castello. Gli disse anche del giardino segreto e Colin dichiarò che voleva vederlo. Mary, non fidandosi del tutto di lui, gli promise che lei e Dickon lo avrebbero portato lí non appena avessero trovato la chiave e la porta. In cambio lui avrebbe dovuto mantenere il segreto.
Nei giorni successivi Colin ebbe una crisi di nervi, cosí Martha e la signora Medlock vennero a sapere che aveva incontrato Mary. Si preoccuparono perché il dottore che aveva in cura il bambino aveva suggerito di tenerlo lontano dalle emozioni, e quindi da incontri e uscite all'aperto.

Però Mary fu l'unica in grado di calmare il cuginetto: lo redarguí con tono fermo e sicuro, e il bambino si tranquillizzò.
Il giorno seguente, tornò a parlargli del giardino segreto, gli confidò che lei e Dickon ci erano entrati e gli promise di portarci anche lui. Gli chiese di nuovo di non dirlo agli adulti.
Quando il dottore andò a visitarlo, trovò Colin seduto sul divano e impegnato in mille chiacchiere con Mary. Su richiesta precisa del bambino, il dottore lo autorizzò a uscire qualche volta all'aperto con Mary e Dickon, senza la governante.
La mattina successiva, finalmente Colin conobbe Dickon, che poté entrare nel castello con un agnellino, una volpe, un corvo e due scoiattoli amici suoi.

Colin, stupito ed estasiato, diede il latte con il biberon all'agnellino.
Una settimana dopo, Colin fu in grado di uscire all'aperto sulla sedia a rotelle. Mary gli mostrò gli orti e il frutteto, poi s'infilarono svelti nella porticina nascosta del giardino segreto.
Non furono visti, perché Colin aveva ordinato al capo giardiniere che nessuno fosse presente durante la sua uscita. Quel giardino misterioso, in cui la vita aveva ripreso a palpitare con l'inizio della primavera, fece tornare al piccolo Colin l'allegria e la voglia di vivere.
Ma il giardiniere Ben, mentre cercava di scavalcare il muro del giardino segreto, si accorse di loro.

Colin riuscí ad alzarsi in piedi e a ordinargli di mantenere il segreto. Ben, che era molto affezionato alla mamma di Colin, rivelò ai ragazzi di aver coltivato di nascosto per anni il giardino segreto, scavalcando il muro. Per amore della defunta signora Craven e per Colin, avrebbe mantenuto il segreto e li avrebbe aiutati a far rifiorire il giardino.

Colin frequentò il giardino segreto per tutta l'estate, la sua salute migliorò e si esercitò con costanza a camminare da solo. Nei giorni di pioggia invece si allenava a correre nelle stanze deserte del castello. Ma volle che i suoi progressi rimanessero segreti, perché desiderava rivelarli di persona a suo padre, quando fosse tornato da un viaggio in Europa.

Per questo Colin e Mary furono costretti a mangiare meno di quanto avrebbero desiderato, per non svelare alla servitú e al dottore che entrambi scoppiavano di salute.
In quel frangente Susan Sowerby, la madre di Dickon e Martha, li aiutò facendo avere loro di nascosto latte e focacce da consumare nel giardino segreto.
La guarigione di Colin sarebbe rimasta ancora segreta, se un sogno e una lettera non avessero convinto il signor Craven a interrompere il suo lungo viaggio e a ritornare a Misselthwaite.

Questi infatti una notte sognò Lilias, la mamma di Colin, che lo chiamava dal giardino segreto. Il giorno successivo, poi, ricevette una lettera da parte di Susan Sowerby, che gli chiedeva di ritornare. Archibald Craven tornò al castello e lí incontrò il nuovo Colin, alto e robusto, guarito dalla magia del giardino e della natura.

Padre e figlio si abbracciarono sopraffatti dall'emozione: per loro e per tutti gli altri cominciava una nuova vita.

una fiaba in tasca

Finito di stampare nel mese di ottobre 2018
per conto delle Edizioni EL
presso G. Canale & C. S.p.A., Borgaro Torinese (To)